Adriano Bitarães Netto

ilustrações:
Marlette Menezes

POR ONDE ANDARÁ A VACA AMARELA?

PENNiNHA
EDIÇÕES

às queridas Regina Vaz Leão e Graça Rios

Todo mundo conhece
a brincadeira:

"Vaca Amarela
pulou a janela,
quem falar primeiro
come a bosta dela!"

Pois é, eu também conheço
e adoro brincar assim!
Só que, ao fazer silêncio,
me vem à imaginação
sempre a mesma querela:
"Qual será o destino
e o fim da Vaca Amarela?"

Será que a Vaca Amarela
pulou a janela
e saiu com um único paradeiro:
ouvir um tango e dançar um maxixe
com "O boi no telhado", de Zé Boiadeiro?

Ou será que ela foi
para um forró e, sem titubear,
levantou poeira até o dia raiar
ao som de "Vaca Estrela e Boi Fubá"?

Quem sabe, também,
não tenha ela ido direto para o Pará
com o intuito de fazer um chá de panela
para se casar com o Boi-Bumbá?

Ou ainda não terá fugido para o Nordeste
e entrado para o cangaço
só para namorar o Touro Sentado,
que naquelas bandas é chamado
de "Cabra da peste"?

Dizem as boas e as más línguas
que, justamente por lá,
na região de Pernambuco,
ela ajudou um trovador maluco
a construir a seguinte quadrinha
popular:

"Valei-me, Nossa Senhora!
Santo Antônio de Nazaré!
A vaca mansa dá leite.
A braba dá, se quiser!"

Pode ser que, depois de se ter consagrado na música
popular,
a Vaca Amarela tenha resolvido entrar para o estrelato:
quem sabe, não esteja nesse exato momento
posando para Frans Marc
imortalizá-la em seu mais famoso retrato?

Eu não queria voltar à vaca-fria,
nem chorar o leite derramado,
mas será que a Vaca Amarela
não se arrependeu do passado
e anda agora a procurar pelo Boi-Sonso
para que ele seja novamente seu namorado?

Pensando bem,
ela pode até ter
escolhido outro marido:
como o Boi da cara preta,
aquele que pega criança
que tem medo de careta.

Mas como “aonde a vaca vai, o boi vai atrás”,
a Vaca Amarela continua indo... indo...
e atrás dela vai uma boiada de bois,
amorosamente declamando
poemas e provérbios que não acabam mais...

Entretanto, como a Vaca Amarela,
pelo visto, não quer nenhum compromisso,
talvez ela esteja mesmo é escutando à luz do luar
as histórias que a velha Sá Dondom
conta sobre o corajoso Boi Aruá.

Ou ainda esteja ouvindo,
comovida e contente,
as crianças declamarem
a famosa parlenda
do Touro Valente,
que é seu estimado parente:

"Hoje é Domingo,
pé de cachimbo.
O cachimbo é de ouro,
bate no touro.
O touro é valente,
bate na gente.
A gente é fraco,
cai no buraco.
O buraco é fundo,
acabou-se o mundo."

Às vezes, o que penso mesmo é que a Vaca Amarela
é a maior super-heroína de todos os tempos.
Pois ela partiu, e ninguém viu,
foi para salvar o Boi na linha e a Vaca atolada
que corriam perigo em algum trilho ou beira de estrada.

Mas, quem sabe, a Vaca Amarela
não tenha ido para a Espanha?

É, tendo em vista tanta façanha,
disso ninguém duvida!

Agora, no meio da arquibancada,
ela deve estar assistindo a uma tourada,
que por lá eles chamam de *corrida*.

Uns dizem que a Vaca foi pro brejo.
Contudo, eu acredito que talvez,
enfarada de contar favas e de ruminar farelo,
ela esteja em Portugal, ouvindo um fado
às margens do rio Tejo.

Ou, então, tenha ido para a Holanda
exercer sua ilustre realeza.
Pois, como é sabido por todos,
não há, em todo o mundo,
bovino mais imponente
que uma vaca holandesa.

Outra hipótese que lhe convém
é ir para a Índia:
sua verdadeira terra natal,
pois lá ela não é uma vaca à esquerda,
mas um sagrado animal.

Pode ser também que a Vaca Amarela
esteja pra lá de Bagdá...
ou talvez mais além,
em uma terra sem Fé, sem Lei, sem Rei e sem Rotas,
bem depois de onde Judas perdeu as botas.

Ou será que, no fundo, no fundo,
a Vaca Amarela enganou todo mundo?
Deu-nos um "Olé!",
ao se disfarçar de Vaca Malhada
nas caixinhas da Itambé?!

É. O que eu sei é o que eu sei.

E o que eu sei é que esta história de “Vaca Amarela pulou a janela” não passa de conversa pra boi dormir.

Mas será que quem inventou essa brincadeira não pensou que as crianças iriam ruminar, ruminar, ruminar...

Ruminar e investigar esta história
até desenvolver aonde é que essa vaca foi parar?

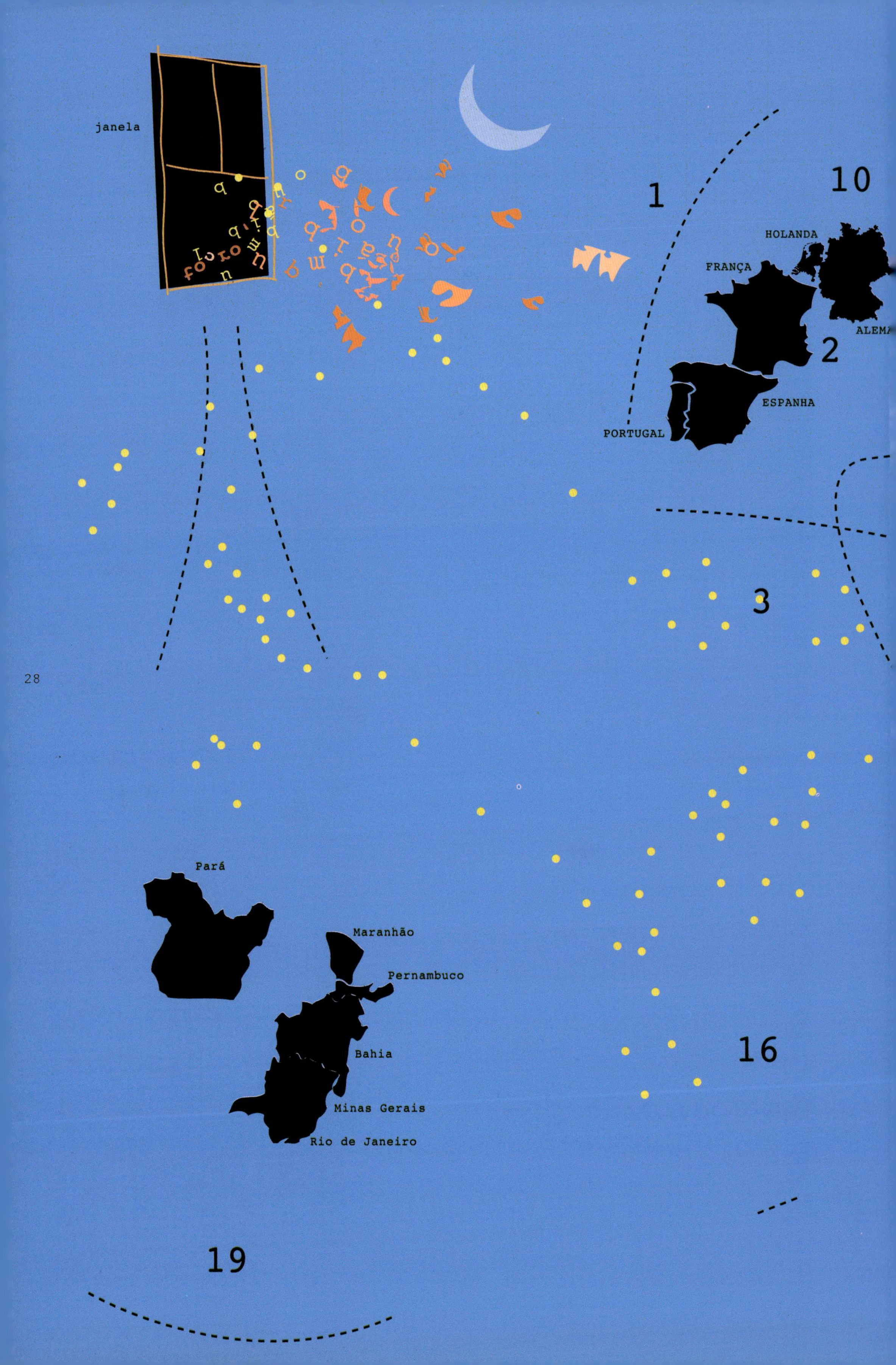
janela
1
10
HOLANDA
FRANÇA
ALEMA
2
ESPANHA
PORTUGAL
3
Pará
Maranhão
Pernambuco
Bahia
Minas Gerais
Rio de Janeiro
16
19

E você, leitor, também já brincou de "Vaca Amarela"?

Qual destino
você imaginou para ela?

Adriano Bitarães é mestre em Teoria da Literatura pela UFMG. É autor do livro de ensaios **Antropofagia oswaldiana: um receituário estético e científico** e do livro de poesia **Fluido Flerte**. Para o público infantojuvenil, escreveu as obras **Um certo livro de areia**, publicado pela editora Saraiva; **As peripécias do Menino Experimental**, **Retratos Narrados** e **Poesia dos pés à cabeça**, pela editora Paulinas; e **Asa da palavra** e **A Era dos Erês: uma era ao culto da natureza e dos orixás**, pela Mazza edições. Foi vencedor de inúmeros prêmios literários no país, entre eles o Prêmio Literatura Para Todos, organizado pelo Mec, com a obra **Poesia da Indagação**, no ano de 2009, e o Prêmio Literário Cidade de Manaus, em duas edições, em 2006, com a obra **Par ou ímpar? Escrita ou tinta?**, e em 2011, com o livro **Depois de pular a janela, por onde andará a Vaca Amarela?**

Contatos com o autor: adriano.bitaraes@gmail.com

Marlette Menezes é artista, ilustradora e designer, licenciada em Artes Plásticas; atualmente, está cursando Mestrado em Arte Educação e Tecnologias da Imagem. Com mais de trinta livros ilustrados e vários prêmios, entre eles o Jabuti, investiga uma cartografia dos sentidos em artes visuais. contato com ilustradora: marm@marlettemenezes.com.br

"Desenhar é uma forma de pensar. Desde muito pequena, eu me interesso por imagens e este gosto, somado à curiosidade e pesquisa constante de linguagens visuais, constituem a minha maneira particular de investigar a vida, compreender e construir sentidos. Considero-me uma fazedora de imagens que usa o desenho, a pintura, a gravura, a fotografia e as tecnologias digitais para tecer conexões e saber mais sobre mim. De origem rural, cresci e me eduquei em uma família de nove irmãos, na qual aprendi a rotina do fazer afetivo, o sabor da fruta no pé, a necessidade do cuidar da terra, de observar o tempo e o fazer bem feito. Eu me lembro bem desta história da "Vaca Amarela", pois era contada pelo meu avô quando queria silenciar e acabar com o alarido das crianças. Mas foi com a narrativa de Adriano que me surpreendi com a simplicidade e multiplicidade dos sentidos da palavra. Para ilustrar esta história, o grande desafio foi perceber as setas que apontam o texto, investigar os percursos e conexões do real e do imaginário e percorrer as camadas e os caminhos que propõe o autor. Para iniciar, recortei as partes da vaca em um papel, de forma a permitir o movimento da imagem. Depois investiguei, nos rastros do texto, códigos visuais para contextualizar. Por meio de colagens digitais, a ilustração foi se construindo em uma trajetória possível que sugere uma cartografia imaginária e incorpora múltiplos sentidos contidos no texto. As pistas estão dadas e, ainda assim, fica a pergunta: "Onde foi parar a Vaca Amarela?".

Projeto Gráfico e ilustrações:
Marlette Menezes

Revisão:
Ana Emília de Carvalho

Penninha Edições
Rua Pacífico Faria, 378 A – Pompeia
30280-440 Belo Horizonte-MG
Tel.: (31) 3481-0591

B624p Bitarães, Adriano
Por onde andará a vaca amarela? / Adriano Bitarães ; ilustradora : Marlette Menezes.- Belo Horizonte : Penninha Edições, 2014.
32 p.: il. ; 17 x 24 cm.
ISBN: 978-85-67265-07-0
1. Literatura infantojuvenil brasileira. I. Menezes, Marlette. II. Título.
CDD: 808.068
CDU: 821.134.3(81)-93

Impressão e acabamento: Yangraf Gráfica e Editora